I0551125

LA MANDORE

SONNETS

par

JULES-STANY DOINEL

Archiviste du Loiret

96 8

ORLÉANS

H. HERLUISON, LIBRAIRE-ÉDITEUR

17, RUE JEANNE-D'ARC, 17

1878

+Y

LA MANDORE

Y

Orléans, imprimerie de G. Jacob, cloître Saint-Étienne, 4

LA MANDORE

SONNETS

PAR

Jules-Stany DOINEL

Archiviste du Loiret

ORLÉANS

H. HERLUISON, LIBRAIRE-ÉDITEUR

17, RUE JEANNE-D'ARC, 17

1878

LES QUATRE SONNETS

DE JEANNE D'ARC

DE ME IPSO

JEANNE ! vous favez que la Mufe au beau front
Qui daigna couronner mon berceau de fes palmes,
La Mufe aux cheveux blonds, aux yeux tendres et calmes,
Vous garde dans mon âme un magique fleuron.

Vous favez, mon amour ! que les hommes viendront,
Quand le fceau de la mort aura fermé ma lèvre,
Quand l'éternelle paix où s'éteindra ma fièvre
Aura baigné mon cœur, — un jour, et qu'ils diront :

« *Elle a pris dans ses mains l'âme de son poète*
« *Comme un cristal brisé, mais que pour une fête*
« *Un artiste recueille et répare avec foi.*

« *Et, des fragments fouillés de cette âme, — pieuse,*
« *Elle a fait une coupe auguste et lumineuse*
« *Que les anges mettront sur la table du Roi.* »

A M. JULES QUICHERAT

Maître! fi j'étais peintre ainfi que Michel-Ange;
Si mes doigts façonnaient le marbre italien;
Si j'étais Raphaël, Canova, Titien,
Je ferais un tableau d'une grandeur étrange;

Je fculpterais un bloc glorieux et puiffant. —
Peintre, je montrerais JEANNE au pont des Tourelles;
Sculpteur, fur fon bûcher je lui ferais des ailes,
Et fous fon pied fublime un Anglais frémiffant,

Dans un coin du tableau — ſur le ſocle — une image
De ſavant ſongerait, grave et forte ; on verrait
Dans ſes mains un laurier qu'à JEANNE elle tendrait.

Plus bas, un livre ouvert à ſa première page,
Et la Poſtérité, ſaluant ce viſage,
S'arrêterait penſive et vous reconnaîtrait.

SAINTE JEANNE

—

A M. L'ABBÉ DESNOYERS

Tout enfant, dans les champs, près des eaux, sous les saules,
Elle allait, aux oiseaux émiettant son pain noir;
Elle entendait ses voix glisser dans l'air du soir.
Dans son âme vivait l'âme antique des Gaules.

Ses cheveux bruns flottant sur ses pures épaules,
Elle s'agenouillait, pensive. — Son espoir
Était de suivre au ciel ses saintes, et d'y voir
Ceux dont elle adorait les divines paroles,

Oh ! vous qui la ſuiviez de loin en l'épiant,
Jacques, vieux laboureur, Iſabeau, cœur priant,
Penſiez-vous, dites-moi, que l'humble payſanne,

Que l'ange ſous le toit paternel endormi,
Que la modeſte fleur des bois de Domremy
S'appellerait un jour du nom de SAINTE JEANNE ?

DATE MANIBUS LILIA PLENIS

—

A M. HERLUISON

⸺❦⸻

Dans nos temples sacrés, à l'angle de nos rues,
  Qu'on salue, en passant, son regard virginal.
Sculptez sa grande image. Élevez des statues
A JEANNE la martyre, à JEANNE l'idéal.

Renversez les faux dieux et les nymphes mi-nues,
Les faunes, les sylvains au rire bestial.
Que les adolescents, les vierges ingénues,
Couvrent de chastes fleurs son chaste piédestal ;

Que son nom bien-aimé se mêle à nos prières ;
Qu'après quatre cents ans les flammes meurtrières
Du bûcher de Rouen fassent couler nos pleurs.

Et que la jeune épouse, au foyer, dans les veilles,
Peigne en traits enflammés l'ange de Vaucouleurs,
A nos enfants groupés comme un essaim d'abeilles.

LE RÊVE

DAS EWIG WEIBLICHE

—

A ALICE DOINEL

L'éternel féminin, le couchant violet
    Ont la pure douceur des affections saintes,
Des langueurs, des soupirs, des larmes et des plaintes,
Et font de l'infini le mystique reflet.

Des langueurs, des soupirs, des larmes et des plaintes !
— Tel, un écho se meurt au fond de la forêt ;
Tel, un songe d'amour s'efface et disparaît ;
Tel, un parc aboli se fleurit de jacinthes ;

2

Tel, un songe d'amour s'efface, disparaît ;
Tel, couve encor le feu des tendresses éteintes.
— Et la mélancolie aux molles demi-teintes

Rêve à l'écho qui meurt au fond de la forêt,
Et colore du feu des affections saintes
L'éternel féminin, le couchant violet.

ASCENSION

To Her !

Ferme tes yeux, tes grands yeux de pervenche,
    Lac de lapis-lazzulis, doux lotus ; —
Croife tes mains fur ta tunique blanche,
Et lentement, vers les cieux inconnus,

Parmi l'encens, la myrrhe, le cinname,
Monte, ô mon Rêve ! et ne nous reviens plus !
Ce trifte monde eft vide pour ton âme ;
Ce fol eft froid fous tes divins pieds nus.

Monte au milieu des chœurs paradifiaques,
Plane au-deffus des philiftins opaques,
Cherche bien haut l'être fubftantiel.

Un cœur ardent eft un précieux vafe
Qu'il faut remplir d'idéal et d'extafe.
Et l'idéal ! il ne fleurit qu'au ciel.

VISION DE YOLANDE

—

A CORINNE C...

————

Il était nuit. — Deffinant chaque forme,
    La lune blonde emperlait un ciel gris
Qui déroulait fa tenture uniforme
Sur l'affpect mort d'un étrange pays.

Je vis un parc où le tilleul et l'orme
Entrelaçaient leurs rameaux en lambris.
— Un vieux caftel, donjon et plate-forme,
Foffés dormants et noirs mâchicoulis !

ELLE apparut à l'étroite fenêtre,
Dans ſon habit de brocart violet. —
Puis, tout à coup, je vous vis diſparaître,

Cheveux cendrés, cou de neige et de lait!
Mais les beaux yeux de la dame éclipſée
Luiſent toujours au fond de ma penſée.

RÊVE

———• • ◉ • •———

C'était un rêve, hélas! je le fais bien;
   Mais le réel fondait devant ce rêve.
— Je la voyais debout fur une grève,
Avec fon noble et gracieux maintien.

De fes cheveux le voile aérien
Flottait au vent léger qui le foulève,
Et fes beaux yeux où mon bonheur s'achève
Cherchaient au ciel un fouvenir ancien.

Ses bras croifés fur fa blanche poitrine,
Son frêle bufte élancé qu'elle incline,
Dans la vapeur s'efquiffaient mollement.

Sous fes pieds nus venait mourir l'écume.
Et tout au fond, fur la mer, dans la brume,
Vénus brillait comme un clair diamant.

PHILOSOPHIE

—

A M. LUDOVIC DE VAUZELLES

—∞—

Oh! du passé, n'est-ce pas, rien ne reste,
Qu'un souvenir étrange et douloureux,
Et notre cœur ressemble au palimpseste
Où Quicherat use ses nobles yeux.

Chacun de nous, par un charme funeste,
A vu sombrer le meilleur de ses vœux.
Heureux pourtant celui qui, comme Oreste,
Doit une Électre à la grâce des cieux!

Royal poète, épris d'un divin songe,
Vous savez bien qu'ici-bas le mensonge
Aime à souiller notre plus cher trésor.

Vous savez bien que la joie est chimère.
Mais rien ne vaut, dans cette vie amère,
Un cœur de femme, une cithare d'or.

A PÉTRARQUE

A J. DANTON

Dans ta coupe d'onyx j'ai bu la poéfie,
    Francefco Petrarca, roi des fonnets facrés,
Et j'ai fuivi l'amour, fur les pas d'ambroifie,
De ta Laure idéale aux longs cheveux dorés.

Ta chafte mufe blonde, entre toutes choifie,
Verfe un divin neétar aux hommes altérés.
Ton livre eft un feftin ; l'âme s'y raffafie.
Tu fiéges près du Taffe aux rhythmes honorés.

Les fleurs du gai savoir naissent dans ta prairie,
Lys de virginité, jasmin de rêverie.
Une source argentine invite à s'y mirer.

L'univers chante encor tes canzones mystiques.
Vaucluse les redit aux amants platoniques,
Et l'oiseau bleu du cœur gémit sur ton laurier.

LE ROI DE THULÉ

—

A Mme PAUL DE FÉLICE

—◦—

Un lied ancien, touchante sérénade,
   Dit qu'autrefois le prince de Thulé,
Ayant humé la dernière rasade,
Aux flots jeta son hanap ciselé.

Or, il mourut. — Là finit la ballade. —
Mais dans un songe il me fut révélé
Que les esprits donnèrent une aubade
Pour accueillir le vieux roi consolé !

Les faints kinnors chantèrent fes louanges.
Débarraffé de nos terreftres fanges,
Il vit s'ouvrir le palais infini.

Il fut vêtu des fplendeurs du zénith ;
Puis, à la table où Dieu reçoit les Anges,
Près de fa belle il s'affit rajeuni.

LE SOMMEIL DE BÉBÉ

A CLÉMENCE DOINEL

Il dort! Ses petits bras, tendus comme des ailes,
Afin de l'emporter s'élèvent vers les cieux;
Il dort, et sa paupière, en voilant ses prunelles,
A fermé son trésor angélique à mes yeux.

Il dort comme un Jésus dans le fond des chapelles,
Et sa bouche entr'ouverte a des plis gracieux.
L'ange gardien la peint de fleurs surnaturelles;
On croit en voir sortir des mots mystérieux.

J'ai peur. Réveillez-le. Trop beau pour cette terre,
Je frémis, quand il dort, qu'un chérubin, son frère,
Ne me l'enlève, hélas ! pour le ravir là-haut.

Il y serait heureux, oui ; — mais, Dieu de mon âme,
Laissez-le-moi pourtant. — Sa mère le réclame.
— Moi, j'ai besoin de lui ; je sens qu'il me le faut.